隱形的世界

獻給伊莎蓓・史迪維・盧卡斯——T. P.

Thinking 070

隱形的世界

文・圖│湯姆・波西渥 Tom Percival
譯│柯倩華

字畝文化創意有限公司
社　　長│馮季眉
特約編輯│蔡智蕾
編　　輯│戴鈺娟、陳曉慈
美術設計│菩薩蠻電腦科技有限公司

讀書共和國出版集團
社長│郭重興　發行人兼出版總監│曾大福
業務平臺總經理│李雪麗　業務平臺副總經理│李復民
實體通路協理│林詩富　網路暨海外通路協理│張鑫峰　特販通路協理│陳綺瑩
印務協理│江域平　印務主任│李孟儒

發　　行│遠足文化事業股份有限公司
地　　址│231 新北市新店區民權路 108-2 號 9 樓
電　　話│(02)2218-1417
傳　　真│(02)8667-1065
電子信箱│service@bookrep.com.tw
網　　址│www.bookrep.com.tw

法律顧問│華洋法律事務所　蘇文生律師
印　　製│中原造像股份有限公司

2021 年 12 月　初版一刷
定價│350 元　書號│XBTH0070
ISBN 978-986-0784-45-9

特別聲明：有關本書中的言論內容，不代表本公司／出版集團之立場與意見，文責由作者自行承擔。

國家圖書館出版品預行編目（CIP）資料

隱形的世界/湯姆.波西渥（Tom Percival）文.圖；柯倩華
翻譯. -- 初版. -- 新北市：字畝文化出版：遠足文化事業
股份有限公司發行, 2021.12
　　面；　公分
譯自：The Invisible

　ISBN 978-986-0784-45-9（精裝）

873.596　　　　　　　　110012171

隱形的世界

文‧圖／湯姆‧波西渥 Tom Percival
譯／柯倩華

伊一莎蓓套上她最喜歡的毛衣。

冰霜鑽進窗內，
還悄悄爬上床柱。

多美麗的一天。
伊莎蓓總是注意到
美麗的事物。

不過，無法逃避的事實是，
這也是很寒冷的一天。

非常冷。

伊-莎{ㄕㄚ}蓓{ㄅㄟ}的{ㄉㄜ}家{ㄐㄧㄚ}裡{ㄌㄧ}沒{ㄇㄟ}有{ㄧㄡ}錢{ㄑㄧㄢ}，
負{ㄈㄨ}擔{ㄉㄢ}不{ㄅㄨ}起{ㄑㄧ}暖{ㄋㄨㄢ}氣{ㄑㄧ}費{ㄈㄟ}用{ㄩㄥ}。

也{ㄧㄝ}負{ㄈㄨ}擔{ㄉㄢ}不{ㄅㄨ}起{ㄑㄧ}許{ㄒㄩ}多{ㄉㄨㄛ}其{ㄑㄧ}他{ㄊㄚ}的{ㄉㄜ}東{ㄉㄨㄥ}西{ㄒㄧ}——

那{ㄋㄚ}些{ㄒㄧㄝ}對{ㄉㄨㄟ}許{ㄒㄩ}多{ㄉㄨㄛ}人{ㄖㄣ}來{ㄌㄞ}說{ㄕㄨㄛ}
理{ㄌㄧ}所{ㄙㄨㄛ}當{ㄉㄤ}然{ㄖㄢ}的{ㄉㄜ}東{ㄉㄨㄥ}西{ㄒㄧ}。

不過，她試著不要為
自己沒有的東西而煩惱。

無論如何，她和家人
已經擁有他們所需要的了。

他‑們‑擁‑有‑彼‑此‑。

可ㄎㄜˇ是ㄕˋ有ㄧㄡˇ一ㄧ天ㄊㄧㄢ，
他ㄊㄚ們ㄇㄣˊ就ㄐㄧㄡˋ是ㄕˋ無ㄨˊ法ㄈㄚˇ湊ㄘㄡˋ到ㄉㄠˋ足ㄗㄨˊ夠ㄍㄡˋ的ㄉㄜ˙錢ㄑㄧㄢˊ，
付ㄈㄨˋ房ㄈㄤˊ租ㄗㄨ和ㄏㄢˋ所ㄙㄨㄛˇ有ㄧㄡˇ的ㄉㄜ˙帳ㄓㄤˋ單ㄉㄢ。

伊ㄧ莎ㄕㄚ蓓ㄅㄟˋ和ㄏㄢˋ家ㄐㄧㄚ人ㄖㄣˊ不ㄅㄨˋ得ㄉㄜˊ不ㄅㄨˋ離ㄌㄧˊ開ㄎㄞ他ㄊㄚ們ㄇㄣˊ的ㄉㄜ˙家ㄐㄧㄚ，
離ㄌㄧˊ開ㄎㄞ那ㄋㄚˋ間ㄐㄧㄢ充ㄔㄨㄥ滿ㄇㄢˇ快ㄎㄨㄞˋ樂ㄌㄜˋ回ㄏㄨㄟˊ憶ㄧˋ的ㄉㄜ˙房ㄈㄤˊ子ㄗ˙，

搬到離市區很遠的地方。

生平第一次，
伊莎蓓找不到任何美麗的事物，
能夠讓自己高興起來。

這個地方看起來和她現在的感受
一模一樣 —— 冰冷、憂傷又寂寞。

有一家人坐著光亮的汽車從她身邊經過，
他們的目光直直穿過伊-莎蓓，

彷彿她根本不存在。

有許多穿著體面的人，也好像完全看不見她。

伊-莎ㄕ蓓ㄅㄟ低ㄉ頭ㄊ看ㄎ看ㄎ自ㄗ己ㄐㄧ，
發ㄈ現ㄒ她ㄊ幾ㄐ乎ㄏㄨ看ㄎ不ㄅ見ㄐ自ㄗ己ㄐㄧ的ㄉ手ㄕ ……

和ㄏ腳ㄐㄧㄠ。

她正在漸漸消失。

沒多久，伊莎蓓完全隱形了。

她無聲無息的在街上飄蕩，
蒼白、單薄，像一陣風。

根《本》沒《人》看《見》她《。

不過，隱形的伊-莎蓓開始注意-到
她以-前沒看見的 —— 其-他的隱形人。

很多、很多的隱形人。

有一位老太太在種花，

種在空的油漆罐子裡。

睡在公園長椅上的男人，
在餵小鳥吃東西。

還有被迫離開自己家園和國家的男孩，
在幫助別人修理腳踏車。

他們看起來都很孤單……

於是，伊-莎蓓決定幫忙。
她把花種在油漆罐子裡，

她照顧無家可歸的動物，

她幫忙修理東西。
然後，一天又一天，一星期又一星期，
許多人也加入了這個行列。

越來越多人聯合在一起，

他們就都越來越能被看見。

很快的，伊‐莎蓓不再是個隱‐形的孩子。
現在，她和她的新家都充滿了活力！

伊-莎ㄕ蓓ㄅ做ㄗㄨㄛ了ㄌㄜ一一件ㄐㄧㄢ很ㄏㄣ特ㄊㄜ別ㄅㄧㄝ的ㄉㄜ事ㄕ，
可ㄎㄜ以ㄧ說ㄕㄨㄛ是ㄕ世ㄕ界ㄐㄧㄝ上ㄕㄤ最ㄗㄨㄟ困ㄎㄨㄣ難ㄋㄢ的ㄉㄜ事ㄕ之ㄓ一一……

伊-莎ㄕㄚ蓓ㄅㄟ做ㄗㄨㄛ出ㄔㄨ了ㄌㄜ美ㄇㄟ好ㄏㄠ的ㄉㄜ改ㄍㄞ變ㄅㄧㄢ。

免費鮮花

作者的話

　　我最早的童年回憶，是在一輛拖車屋裡好奇的摸索一個小櫥櫃。我當時並不知道，接下去的六年，那輛位於南施洛普郡的拖車屋就是我的家。

　　那輛拖車屋很舊，每次開門或關門，都會發出空洞、令人不安的聲音。我們沒有電視機，也沒有接電線。我們有一個煤氣燈掛在牆上，要用火柴點燃。我們飲用的水取自公園的水池，本來也不覺得這有什麼，直到有一天我們發現水裡有一隻死青蛙。

　　我跟我哥共用拖車屋裡的一個小房間。我到現在還記得，寒冷的冬日早晨，冰霜在鐵床柱上閃耀的景象。深冬的時候，真的很像住在冰窖裡。

　　我們為什麼過那樣的生活？簡單的說，因為我們很窮。

　　然而，儘管我們總是缺錢，儘管總是穿廉價的二手衣和別人給的舊鞋，但有兩樣東西我從不缺乏──愛與書。

　　有一個流動圖書館會停在我家附近，我步行過去，手握著粉紅色的借書單，想借多少就有多少。可是有些人不像我這麼幸運，有些人無法接觸到這樣的文學養分，也不像我小時候能自由享受鄉間的美麗和奇妙。有些人也沒有愛。

　　這就是為什麼我要寫伊莎蓓的故事。時至今日，英國境內仍有超過四百萬名兒童過著貧窮的生活。也就是說，有超過四百萬名兒童每天沒有足夠的食物可吃，經常感到寒冷和疲倦，在學校裡沒有足夠的學習用品，沒有跟其他人同等的機會和資源。這些小孩常常被忽視，因此我想在這個故事裡探討「不被看見、宛如隱形」的概念。

　　當然，貧窮不是人被社會忽視的唯一原因；這個世界會以許多方式去對人說：「你不屬於這裡。」

　　我想反駁這樣的論點，我想說：「你當然屬於這裡。」

我們都有存在的意義和價值。

湯姆‧波西渥

2020 年 2 月